رواية

فهد

الأميرة جود

د.جُمان الريحاني

إهداء..

إهداء إلى الأميرة جود

إهداء إلى فهد

جمان الريحاني

فهد الأميرة

فهد الأميرة جود

فهد صديق ودود وليس عدو لدود

رفيق محترس وليس وحش مفترس

حنون قريب وليس غريب بعيد

غريب الدار قريب في القلب

ملك العقل والقلب والحب

الحب..

الحب يأتي في هيأة جوهرة تحضرها الملائكة وتلقيها
في حجور العاشقين

الحب يأتي على شكل فرص

اغتنمها من اغتنمها وتركها تضيع منه من تركها

الحب ان لم نتمسك به غادر في هدوء وصمت

الحب ان لم نقدر عظمته فأنه لن يقدر على البقاء معنا

الحب ان لم أهم ما في حياتنا فإننا سوف نفقد أهم ما
في الحياة دون أن ندري

الحب بعد أن يغادر لا يرجع

لا يرجع أبدا

جمان الريحاني

جزيرة الأميرة

كان يا ما كان في قديم الزمان، في بلاد بعيد، على ارض جزيرة، حدث أحداث كثيرة، وكانت بطلة حكايتها أميرة صغيرة، أميرة جملية.

إنها الأميرة جود وهي أميرة صغيرة ذات الثمان سنوات، طفلة جميلة، ذات بشرة بيضاء وعيون زرقاء، وهي طفلة شقراء، تعيش في جزيرة بعيدا عن أرض البشر.

كانت تعيش مع والديها حيث كان والدها عالم أحياء أما والدتها فقد كانت ذات أصول قبلية ويقولون بأنها كانت أمية لذا فقد كانت تطلق على ابنتها لقب الأميرة.

توفيت والدتها وهي صغيرة وعندما بلغت سن الثانية عشر توفي والدها بسكتة قلبية حتى أنه كان يريد أن ينقل ابنته إلى المدينة التي كان يتردد عليها ويأخذ أبحاثه إلى هناك فقد كانت هناك شركة تمول مشروع أبحاثه لذا كان يسكن الجزيرة مع عائلته.

لم يكن احد يعرف كيف تعرف على زوجته أو من أين هي بالضبط.

ولكن في الحقيقة هو كان قد وجدتها على ظهر الجزيرة حيث لا أحد وهو أيضا لم يكن يعرف حقيقة الأمر وكيف كانت تسكن الجزيرة لوحدها

وعندما طرح عليها الأسئلة غضبت وغادرته ولم يرها لمدة شهر كامل وبعد أن عادت للظهور وعدها بأنه لن يطرح أي سؤال مماثل بعد الآن.

منذ أن كانت الأميرة جود صغيرة كانت تلعب وتتكلم بكلام غير مفهوم وعندما تعلمت النطق جيدا

كانت طوال الوقت تخبر والديها بان لديها فهد هو صديقها الذي يأخذ في رحلات إلى أماكن مختلفة كما أنها كانت مشغولة به كثيرا وكل وقتها.

في البداية كان الأمر مسليا وبعد ذلك تضايق والدها من كلامها عليه وعندما ناقش الأمر مع والدتها

أخبرته

بأنه لا داعي للقلق فالطفلة تعيش على الجزيرة بلا أصدقاء وهكذا أمر سوف ينفعها لا أن يضر بها،

كما قالت له:

لقد أخبرني الفهد

وهكذا علم بأنها هي أيضا كان لديها صديق عندما كانت صغيرة هي الأخرى.

كانت الطفلة التي علمها والدها القراءة والكتابة منذ صغرها تعلب مع ذلك الفهد غير المرئي طل وقتها بل وتحكي لوالدها أحيانا بعض الحكايات والحقائق عن الجزيرة

وعن مختلف الكائنات الحية الموجودة عليها والتي لم يكن يعرف عنها شيئا

وعندما سألها وقال:

من أخبرك بهذا؟

ردت عليه وقالت:

لقد أخبرني الفهد.

لقد كانت كل المعلومات التي لديها هي من الفهد الذي

يعلمها ويلقنها كل المعلوم والمعلومات فقد كان معلمها الأول وهو المسئول عنها وأيضا الذي يرافقها ولا يتركها بمفردها أبدا.

كلما كبرت الفتاة كبر الفهد معها، وكانت الأميرة جود تكتب كلما ما كان يخبرها به الفهد عن حقائق وخبايا في الجزيرة.

لم يستطع والدها أن يأخذها إلى المدينة وقد سافر للعلاج في آخر رحلة له حيث كان يزور المدينة كل خمس سنوات وعندما عاد كان يفكر في أخذها إلى المدينة لكي لا يتركها لوحدها في تلك الجزيرة لأن مرضه قد اشتد ولم يكن يشعر بأنه في حالة جيدة.

ولكنها كانت ترفض الأمر لأنها أخبرته بان الفهد لا يرضى الرحيل وهي لن تغادر الجزيرة بدونه مهما يحدث.

خسارة الأحبة والوحدة

غدر الموت بالرجل والد جود وتوفي قبل موعد رحلته القادم، فأكملت الأميرة جود كل أبحاثه التي تركها راءه وكتبت عن حياتها هي والفهد

ورافقت الكتابة بالرسومات فقد كانت ترسم على الرمال على الشاطئ وعلى الصخور في الجزيرة وعلى جدران كهف كانت تحبه حيث تتلاطم على صخور في أرضيته بعض الأمواج.

والكهف يرد صوتها والأميرة جود كانت تحب تلك الأصوات كثيرا، كما كانت هناك بعض الثقوب في سقف الكهف يمكن للمطر أن يدخل منها

فكان الأمر جذاب سواء كان المطر خفيف أو حتى غزيرا.

كتبت الأميرة جود عن صعوبة الحياة على ظهر سطح الجزيرة وكيف انه لا يمكن لبشر أن يعيش عليها.

فلولا وجود والدتها لما تمكن والدها من البقاء حيا على سطح الجزيرة يوما واحدا

فالجزيرة مليئة بالأعشاب والنباتات السامة والتي كانت تفسح الطريق أمام والدها لكي لا يدوس عليها فشوكة واحدة كفيلة بقتله

ولكن النباتات كانت تطعن لوالدتها وبأمر من والدتها لم تكن تقف في طريق والدها.

وكتبت عن الأشجار المميتة التي بلمس جذوعها تمتلئ يد الشخص سما فيموت ولو سقطت عليه ورقة من أوراقها ولمست وجهه يفقد البصر.

كتبت عن الديدان التي يمكنها أن تدخل في إذن الشخص ليلا وهو نائم فلن يستيقظ أبدا لأنها تمتص منه الحياة وربما تبقى بداخله حتى تأكله من الداخل تماما.

كتبت الأميرة جود عن الحيوانات البرمائية التي يمكنها أن تلتصق بالبشر فتمتص كل الأوكسجين الموجود في جسده فيختنق ويموت.

كتبت أيضا عن الحيوانات النادرة فهناك مثلا نافثات السم وهي حيوانات كانت تعيش بالقرب من الجزيرة

وعند شعورها بشيء غريب في الماء تنفث سما وتسمم كل المياه، ولكن باتجاه الغريب فقط ولا تؤثر على الكائنات الأخرى.

لقد كانت هناك أمور كثيرة غريبة ومخلوقات ونباتات ولكنها لا تبدو غريبة ولا سامة لمن يرى بعينه فقط، لا تظهر حقيقتها إلا لمن تهجم عليه أو يقع في فخها في تلك الحالة سوف يتعرف على حقيقتها.

كانت كل تلك الأمور الغريبة متعايشة فيما بينها، ولا تؤذي بعضها ولكنها ضد تواجد أي غريب على سطح الجزيرة

أما والدها فقد سمح له بالعيش هناك لأجل والدتها التي طلبت له إذنا بالبقاء على سطحها بعد أن كانت مهمتها قتله ولكنها أغرمت به وقررت الزواج به.

كانت الأميرة جود تعلم ما يعنيه ذلك العمل والبحث غير المكتمل الذي تركه وراءه وتخليدا لذكراه قررت أن تنهي عمله بدلا منه،

بالرغم من أنها لم تكن تتدخل في علمه ولا تخبره عن كل تلك التفاصيل التي ذكرتها في الكتابات التي كتبتها.

وبعد مرور أربع سنوات جاء موعد ذهاب والدها إلى المدينة ليوصل ما توصل إلى من نتائج في أبحاثه،

ولم يظهر في المدينة في الموعد المعتاد، لأنه كان قد توفي ولكن لا احد يعلم بذلك.

أصبحت الأميرة جود في سن السادسة عشر وأصبحت أميرة جميلة خلابة لا مثيل لها، لم تكن الأميرة جود تستطيع مغادرة الجزيرة لتعلقها بالفهد اللا مرئي والذي كان حقيقة موجود ولكن لم تكن تمكن رؤيته،

لا يستطيع أي شخص ان يراه، إلا الأميرة التي كانت تستطيع ذلك وكذلك والدتها من قبلها.

لقد كانت الجزيرة مأهولة بحيوانات لا مرئية ولكن من يراها يمكنه سماعها وفهم ما تقوله أيضا

وكان كل بشري يتعلق بحيوان وكذلك يفعل الحيوان فيستمدان طاقة الحياة من بعضهما

كما أن الحيوان يحمي البشري بينما البشري يساعد الحيوان على البقاء قويا بحبه له وبقوة إيمانه به.

لقد كانت علاقة تبادل منفعة وإعانة على الحياة ولا يمكن أن يسير الأمر بشكل جيد من جهة واحدة بل هي مبادلة بين طرفين.

وفي يوم من الأيام حدث حادث في الجزيرة،

لقد وقع حادث لأسد كانت تحبه والدة الأميرة جود،وهذا كان السبب في أن ساءت حالتها وتوفيت بعد أن تعرض الأسد لمواد كيميائية.

كان والد الأميرة جود قد احضرها من المدينة، وبعد تعرضه لها وطول معاناة مات وبعده فورا توفيت والدة الأميرة جود.

لقد كانت علاقتهما وثيقة، لقد كانا مترابطين، كما أن الأسد أصبح يضعف شيئا فشيئا، عندما دخل والد الأميرة جود حياة والدتها لأن والدها شاركه حبها.

غرباء على الجزيرة

وبعد مرور شهر بالكامل إذ لم يستطع احد من الشركة الاتصال بوالد الأميرة جود فأرسلوا طاقما على متن سفينة، لرؤيته ومقابلته وان لم يكن هناك فمن اجل البحث عنه في الجزيرة.

عندما وصلت السفينة إلى الجزيرة، كان على متنها شاب، وهذا الشاب لم يكن لا عاملا ولا موظفا في الشركة، ولا عالما بل كان ذلك الشاب هو ابن صاحب الشركة.

لقد كان ذلك الشاب شغوفا بالطبيعة والمناظر الساحرة، كان يحب البحر والإبحار ولكن والده لم يكن يسمح له بالقيام بالكثير من الرحلات.

فكانت هذه الرحلة فرصة بالنسبة له.

وبعد أن نزل الطاقم على ظهر الجزيرة، لفت انتباه ذلك الشاب الصغير وجود بعض الرسومات فتتبعها حتى وصل إلى كهف الأميرة جود

لقد كان محبا للاكتشاف وقد وجد أمرا يثير اهتمامه ويشد انتباهه بينما لم يعر أي أحد ذلك اهتمام

وصل الفتى إلى ذلك الكهف حيث كانت تعيش الأميرة جود وتختبئ في أغلب الأحيان

لقد كان كهفها بيتها أو مكانها الخاص الذي تشعر فيه بأنها في بيتها كما أنها تحب التأمل هناك وتقوم بكثير من النشاطات في ذلك الكهف.

وعندما شعرت الأميرة جود بوجود أولئك الغرباء على جزيرتها، لجأت إلى كهفها واختبأت

لم يتمكن الشاب من العثور عليها، رغم أنه رآها في صفحة الماء في الكهف، كما انه تمكن من رؤية الفهد كبير السن الذي ظهر على الماء بجانبها ولكنه عندما التفت لم يجدهما.

بحث عنها كثيرا ولكن أحدا لم يصدق كلامه عندما اخبرهم بذلك.

بالرغم من إنكار الجميع للأمر إلا أن الشاب كان متأكدا وعلى يقين بما رأى، لكن جميع أفراد الطاقم اعتبروا بان ما سمعوه ما هو إلا أحلام فتى يافع وأوهام تراوده ربما بسبب دوار البحر.

أو لأنه أول مرة يقضي كل تلك الفترة في البحر وأخيرا وبعد أن وضع قدميه على اليابسة ثانية حصل معه ما يدعيه.

طلب الفهد من الأميرة جود التي حبها كثيرا أن تظهر لذلك الشاب لأنه يبدو شابا نبيلا وقد يحبان بعضهما فهو يبدو كالأمير.

لقد استشعر الفهد حقيقة الشاب بفضل قوتها على التخاطر وعرف بأنه شاب نبيل وأراد لحبيبته جود ان تعبر برفقته إلى أرض البشر، لكي تعيش حياتها بشكل طبيعي.

لقد كان الفهد يفكر في حياة الأميرة ومستقبلها، وهو يعلم بأنها أصبحت وحيدة في هذا العالم بعد وفاة والدها الذي كان الوحيد المتبقي لها بعد وفاة والدتها.

لقد كان رأيا حكيما من جانب الفهد ولكن ماذا عن الأميرة جود؟

بالغرم من أن الأميرة جود قد كبرت وأصبح تعرف الكثير إلا أنها لازالت يافعة وهي لا تستطيع أن تفكر في ما هو في صالحها

وقد كانت تحب الحيوانات والنباتات على الجزيرة ولا تستطيع أن تفكر في الحياة بعيدا عن الجزيرة

لم تفكر الأميرة جود يوما بأنها قد تنفصل عن تلك الجزيرة التي عاشت فيها أجمل أيام حياتها وطفولتها ولها فيها الذكريات الجميلة مع والديها.

كما أن لها فيها الأصدقاء من الحيوانات وحتى من النباتات، لقد كانت تربطها علاقة أصالة وارض بتلك الجزيرة.

فهناك أشجار لا تتخيل حياتها بدونهم.

ولكن رغم كل شيء إلا أنها بشرية ولا يوجد بشر على الجزيرة غيرها.

هذا ما جعل الفهد يفكر فيما يصب في صالحها، وفكر بدلا عنها فيما لم يكن بإمكانها التفكير فيه،

فالفهد كان كبير السن ولديه من الخبرة والحكمة الكثير.

لقد كان يعلم بان مكانها الطبيعي هو بين البشر كما انه لم يكن يريد لها أن تقضي كل حياتها بين النباتات والحيوانات وليس بين بني جنسها

لقد كان تفكيره تفكير الكبار والحكماء حتى وإن كان ذلك يعني أن تفترق عنه وتبتعد لأنه هو لم يكن في إمكانه مغادرة الجزيرة ولو مهما كانت الظروف

تلك الحيوانات كان مكانها الوحيد والطبيعي هو الجزيرة ولم يكن بإمكانهم الابتعاد عنها.

لم يعد الفهد كما كان في سابق عهده، لا من ناحية السن ولا من ناحية القوة، وقد يموت في أي وقت، لذا أراد لها أن تجد أميرا يليق بها

أمير يعيش معها أو أن تغادر هي معه الجزيرة إلى المدينة، ولكن الأميرة جود والتي كانت تحب الفهد أكثر من حياتها أبت فعل ذلك، وحضنت رأس الفهد وقالت له:

لا.. لا يمكنني أن أتركك سوف أبقى هنا معك

وسوف أعيش على هذه الجزيرة إلى الأبد مثلما فعلت والدتي.

رجاء لا تعد قول ذلك ولو على سبيل المزاح

وجد بعض أعضاء طاقم السفينة قبرين على الجزيرة، القبران كانا قبري والدي الأميرة جود، بالإضافة إلى كل المعلومات التي كتبتها الأميرة لهم والبحوث والأوراق.

وهكذا علموا بأن العالم السيد جوردان فرودي قد توفي، وذلك القبر الذي وجدوه قبره وقبر زوجته أيضا.

وهكذا بعد أن علم المسئول وتأكد من تلك المعلومات قام بإصدار بعض الأوامر فيما يخص ما على الجزيرة وأغراض العالم وما في بيته.

فقاموا بإخلاء الجزيرة من مستلزمات البحث التي كان والدها قد وضعها هناك.

لم تؤخذ المعلومات التي وضعتها الأميرة جود تحت أيديهم للتصرف لأنها لم تكن موثوقة ولا موثقة، لأن والدها لم يذكر أي من تلك المعلومات في السابق واعتبر البعض بأنه ربما عبرت سفينة من هنا وأخذت الفتاة.

المصير المجهول

وبعد أن غادر الجميع تلك الجزيرة بمن فيهم ذلك الشاب الذي أعجبت به الأميرة جود ولكنها ما كانت لتتخلى عن الفهد مهما يحدث

تم إصدار خبر بان العالم قد توفي وبان العمل على الجزيرة قد تم إنهاء كل المهام المتعلقة به فلا احد سيرسل إلى هناك بعد ذلك العالم الذي أفنى حياته في العمل هناك

ولم يكن يوجد احد غيره يتطوع لإعطاء حياته للعلم لكي يترك المدينة ويعيش وحيدا على ظهر جزيرة بعيدة ومهجورة.

فبقي مصيرها مجهولا

أما بالنسبة للمعلومات التي كانت قد سجلتها الأميرة جود وعندما رفضها صاحب الشركة، واعتبر بأن تلك المسودة ليست ذات أهمية والتي كانت بالنسبة إليه كأنها حكاية خرافية أخذها ابنه.

فلم يكن لديه أي مانع، فأعطاه له بشرط أن لا يتفوه بما فيها وأن لا يعتبر تلك المعلومات أنها معلومات صادرة عن شركة الوالد، لأنه لم تكن هنالك أية نية لا على توثيقها ولا الاعتراف بها ولا نسبها للشركة.

مسودة الحب

أخذ ذلك الشاب المسودة التي أعجب بكل تلك المغامرات والتفاصيل الغريبة التي فيها، وبعد أن قرأتها من البداية وحتى آخر حرف فيها، قرأها وأعاد قارئتها مئات المرات والحلم بالعودة إلى الجزيرة يراوده.

ولكن والده قد منعه من العودة إلى الجزيرة، التي كان يرى بأنها خطر عليه،

كما أنه لا أحد يرغب في التوجه إلى هناك ولا توجد أية طريقة للذهاب إلى ذلك المكان الذي كان أمرا عظيما أن العالم كان يعيش فيها.

وبعد أن مرت سنوات انشغل فيها بدراسته التي فرضها عليه والده في اختصاص إدارة الأعمال،

هذا المجال الذي لم يكن راغبا فيه ولكنه دراسته كانت لإرضاء والده فقط،

قام بإعادة كتابة تلك المسودة التي لم تفارقه بشكل آخر، لقد أعاد صياغتها وكتبها باستعمال خياله الذي كان يراوده عما فيها، فكتب عنها رواية.

لقد أصبحت رواية جميلة غنية ومثيرة، وقام بنشرها ولكن ذلك لم يشفي غليله، لقد كان كمن يشعر بتعطش للمعلومات التي فيها وكأنه كان يرى الجزيرة بكلما كان عليها بأم عينيه

كان يشعر بكلما ما كتب في المسودة وكان يحلم بتلك الجزيرة كثيرة، لقد كانت تراوده الكثير من الأحلام وتنتابه هواجس وكوابيس وأيضا تراوده أسئلة كثيرة وتساؤلات.

أصبحت صورة الأميرة جود وفهدها تغزو أحلام الشاب طوال سنوات ولم يشفى من ذلك المرض.

حتى قرر بعد مرور عشرة سنوات أن يسافر إلى تلك الجزيرة ليرى حقيقة ذلك الوهم الذي لازمه لمدة عشرة

سنوات، لقد استغرقه القرار للعودة سنوات طويلة ولكنه لم يكن متأكدا من الأمر.

السعي وراء حلم مجهول

وبعد أن أصبح ذلك الشاب اليافع رجلا، وأصبح بإمكانه السفر وتسخير كل ما يحقق له أحلامه ولم يعد ذلك الشاب الصغير الذي منع من البقاء على سطح تلك الجزيرة ولم يصدقه الناس بأنه رأى فتاة هناك، فتاة كانت برفقة فهد طاعن في السن.

عاد الشاب إلى جزيرة حلمه الذي سكن خياله وواقعه، فبحث عن الفتاة التي كان يعتقد بشدة بأنها حقيقية

وبأنها موجودة في تلك الجزيرة

وقد كان يعرف اسمها من المسودة التي أخذها من والده والتي حولها قبل ثلاث سنوات إلى رواية كان عنوانها

"فهد الأميرة جود"

لقد كانت رواية جميلة قد استلهماها من أبحاث الأميرة جود وكتاباتها التي أخذها من الجزيرة

ولكنه أضاف عليها جزء كبير من الخيال، من خياله وكيف أنه كان يتصور الأميرة جود وحياتها هناك.

لأنه استغرب أن تكون فتاة صديقة لفهد وكيف أبت الخروج من الجزيرة والبقاء عليها وحيدة مع لذلك الفهد.

فلو أرادت الفتاة مغادرة الجزيرة لظهر للطاقم وطلبت

منهم المغادرة معهم أو طلبت المساعدة منهم ولكنه على العكس تماما، لقد اختبأت وتوارت عن الأنظار حتى غادروا جميعا.

بعد أن وصل الشاب إلى الجزيرة، عادت إليه كل الذكريات واللحظات التي مر بها في السابق، فعاد إلى نفس المكان وعاوده حنين ذلك الزمان.

كان يفكر في كيف له أن يجد تلك الفتاة، ومن أين يبدأ بحثه عنها، لقد كان يفكر لوحده

لم يشأ أن يتعرض للسخرية مرة أخرى لذا لم يخبر أحدا بمكنونات قلبه.

بحث الشاب عن الفتاة لمدة أربعة أيام ثم طلب من طاقم السفينة،

وبعد أن انزل كل ما احضره معه من مستلزمات الحياة، طلب منهم المغادرة

ولأنه هو من كان الممول لهذه الرحلة فقد كان من الطبيعي أن يمتثلوا لأوامره وأن يقوموا بتنفيذ طلباته، فغادروا بالفعل

ولكنهم كانوا ليعودوا بعد مدة شهرين إما لاصطحابه إن هو غير رأيه أو لإحضار مؤونة جديدة له

لقد كانوا يعتقدون بأنه سوف يغير رأيه لا محالة وأنه سوف يرغب في العودة كما أن هناك من كان يرى بأن مدة شهرين هي مدة طويلة فهو سوف يغير رأيه بعد ثلاثة أيام أو أربعة

ولكن لم يكن احد ليوجهه إلى ما يجب عليه فعله وهو كان مصر على ما يفعله.

فقد كان يفكر فيما سيقوله للناس، لذا قال في نفسه بأنه سوف يجعل على الجزيرة مخيما لغرض ما (دون التفكير في موضوع المخيم وفكرته)

والتالي إن سأله أي كان عما يفعله وجد بما يجيب

كان الشاب في الحقيقة كان يبحث عن الأميرة جود التي تعرف عليها من خلال كتاباتها التي قراها.

وقد كان يؤمن بكل كلمة كتبتها كما كان يعرف الجزيرة وكل حيواناتها والمخلوقات التي تعيش عليها.

وكل أشجارها ونباتاتها وأعشابها.

لقد كان يحب الجزيرة ويشعر برابطة قوية مع كل ما فيها وكل ما هو عليها من نباتات واشجار وحيوانات

حتى الصخور والجدارة كان يعرفها شبرا شبرا

لقد كان يعرف كل جزء على الجزيرة وكان بإمكانه أن يمشي فيها بكل راحة وان يجد كلما يبحث عليه لأنه يعرف كل جزء

لقد كان يعرف أين يمكنه أن يجد الطعام والأشجار المثمرة وأين يجد المياه الصالحة للشرب

كان يعرف أين يجب أن يجلس لكي يستمتع بالمناظر ويتأمل وأين يجب أن يتواجد خلال العواصف لكي يحتمي منها.

كما انه كان يعرف الفصول ومتى ستشرق الشمس ومتى سوف تهطل الأمطار.

وبعد مغادرة السفينة وكل الطاقم، وعندما بقي روبرت لوحده وبعد مرور أسبوع، كان يتردد فيه على الكهف، ويقوم بمحادثة الأميرة جود دون أن يراها، حيث كان يكلمها عن ما يشعر به تجاهها

وحدثها عن انجذابه للجزيرة وكيف انه لم يستطع نسيانها وقد كان يفكر في الجزيرة وفيها ليلا نهارا

وأخيرا ظهرت له وقد كان الإعجاب ظاهرا في عينيها، لقد كانت معجبة به، لأنها تعلم بأنه عاد من أجلها.

لم تتغير الأميرة جود عن آخر مرة رآها فيها ولكنها أصبحت أكثر نضجا وأكثر جمالا.

سألته عن سبب رجوعه وقالت:

لماذا عدت؟

روبرت:

مرحبا

وأخيرا لقد ظهرت

الأميرة جود:

نعم لما أنت هنا؟

روبرت:

لقد عدت من أجلك

الأميرة جود:

لما؟

روبرت:

لأنني أعلم أنك حقيقية

الأميرة جود:

حقيقية؟

روبرت:

نعم لقد أخبرت الجميع عنك ولكن لم يصدقني أي احد

الأميرة جود:

لما أنت هنا؟

روبرت:

لقد جئت من أجلك

الأميرة جود:

لما؟

روبرت:

لأنني ..

الأميرة جود:

ماذا تريد؟

هل تريد شيئا من الجزيرة؟

روبرت:

لا

لا تفهميني خطا

أنا لم آت من أجل أي شيء في الجزيرة

بل جئت من أجلك أنت

الأميرة جود: (وقد احمرت وجنتاها خجلا)

من اجلي؟

روبرت:

نعم من أجلك أنت

أريدك أن ترافقيني

لما عساك تعيشين هنا؟، على هذه الجزيرة ولوحدك

الأميرة جود:

أنا لست وحدي

ولا أريد المغادرة

روبرت:

من أجل الفهد، أليس كذلك؟

الأميرة جود:

نعم

روبرت:

لما لا تأخذينه معك؟

أعرف أن الأمر صعب ولن يتأقلم مع الحياة في المدينة ولكن يمكنك أن تجدي حلا ويمكنني أن أقوم بترتيب الأمر لك، لكي يكون الأمر مريحا لك وله

الأميرة جود:

لا

لا يمكنك فعل ذلك

روبرت:

ولما؟

ما المانع؟

الأميرة جود:

الفهد لا يمكنه مغادرة الجزيرة أبدا

وقد كان مريضا في تلك الفترة

روبرت:

وكيف حاله الآن؟

الأميرة جود:

أفضل حالا

روبرت:

جيد، هذا خبر سار

الأميرة جود:

شكرا لك

روبرت:

أنا لن أغادر بدونك

وأنا أعني ما أقوله.

لم تجد الأميرة جود بما ترد على روبرت، لذا لزمت الصمت ولم تقل كلمة أخرى

عندما أصبحت الأميرة جود لوحدها طلب منها الفهد أن تتزوج بروبرت، وقال لها:

أيتها الأميرة لقد طلبت منك أن تتزوجي بالشاب سابقا، وها أنا أطلب منك هذا مرة أخرى

أنا أكرر طلبي

تزوجي بهذا الشاب

الأميرة جود:

ولكن..

الفهد:

اسمعي كلامي ولا تقاطعيني

الأميرة جود:

حسنا

الفهد:

هذا الشاب مناسب لك

تزوجي به وسوف أبارك زواجكما

الأميرة جود:

أنا لن أغادر أبدا

الفهد:

اسمعيني

أنا أعلم بأن هذا الشاب سوف يغذي قلبك وروحك بحبه لك

وعندها لن يصيبك مكروه

لم تفكر الأميرة جود في الأمر كثيرا لأنها كانت مصرة على شيء واحد وهو أنها لا تريد المغادرة بل إنها لا تستطيع مغادرة الجزيرة، ومهما كانت الأسباب أو الظروف التي قد تضطرها لفعل ذلك

وبعد طول نقاش وحوار لم يأتي بنتيجة كما كان الفهد يأمل قالت له الأميرة جود التي كانت الدموع لا تفارقها:

سوف أوافق على الزواج منه فقط في حالة واحدة

الفهد:

وما هي تلك الحالة؟

الأميرة جود:

سوف أوافق على الزواج منه فقط (وهي تبكي وتمزج الكلام بالدموع)

الفهد:

توقفي عن البكاء واخبريني عن تلك الحالة

الأميرة جود:

في حالة ما إذا لم يطلب مني مغادرة الجزيرة

الفهد:

وإذا طلب ذلك؟

الأميرة جود:

في تلك الحالة لن أوافق

الفهد:

ولكن

الأميرة جود:

لا

لن أوافق

الفهد:

دعيني أكمل كلامي

الأميرة جود:

تفضل

الفهد:

يمكنه أن يطلب، ويمكنك أن ترفضي

الأميرة جود:

هذا ما كنت أقوله

الفهد:

أنت لم تفهم كلامي

الأميرة جود:

ماذا تقصد؟

الفهد:

يمكنه أن يطلب منك المغادرة معه

ويمكنك أنت أن ترفضي

ولكن لا أن ترفضي الزواج منه، بل أن ترفضي المغادرة فقط

الأميرة جود:

وما الفرق؟

الفهد:

اقبلي الزواج وارفضي المغادرة

ويمكنك أيضا أن تقنعيه بعدم المغادرة

الأميرة جود:

وهل يعقل أن يبقى هنا؟

الفهد:

إن كان يحبك سيفعل

سوف يبقى إن كان متمسكا بك

الأميرة جود:

حسنا

قرار مصيري

لم يكن لدى روبرت ذلك الشاب المغرم بالأميرة جود مانعا في البقاء على الجزيرة

بل كان يريد الزواج بها وبأية طريقة، فهو لم يصدق إن وجدها

وهو يريد الزواج بها فعلا

وعندما رفضت مغادرة الجزيرة، فهي لم تكن قادرة على المغادرة رغم أنها قد أحبت الشاب وشعر بمشاعر جميلة تجاهه

وهذا ما جعل الشاب يقرر البقاء هناك معها والعيش معها في تلك الجزيرة مثلما فعل والداها من قبل

لقد كان الشاب يحبها كثيرا كما أنه قد كان يفهم الجزيرة وكل من عليها، وكان يشعر بارتباط بهما بالأميرة جود وأيضا بالجزيرة نفسها

وقبل أن يتقدم ليطلب يد الأميرة ومنذ أن قرر المجيء إلى هذه الجزيرة كان قراره موجودا في أعماقه.

الفرق بينه وبين العالم والد الأميرة جود هو أن روبرت كان يعلم كل شيء عن الجزيرة

وكان بإمكانه أن يرى الفهد على عكس والدها الذي لم ير ذلك الأسد المرافق لزوجته

ولم يعلم بأنه هو من قتل الأسد وتسبب بموت زوجته حتى مات وهو يجهل الكثير عن تلك الجزيرة التي قضي فيها الكثير من السنوات.

بعد أن تقدم الشاب بطلب الزواج من الأميرة جود والتي أخبرته بشرطها الوحيد ووافق عليه تزوجها وعاشا على الجزيرة حياة سعيدة مليئة بالفرح والسرور

لقد كان يحبها كثيرا وهي أيضا اكتشفت بان الحياة مع رجل هي حياة أخرى لم تكن تعلم عنها شيئا، لقد كان مليئا بالمفاجآت وكان يسعى دائما لن يجعلها تشعر بالراحة والحب

وهكذا عادت إلى الحياة الطبيعية مع بشري يبادلها الحب والاحترام ويحكي لها عن المدينة، والناس في المدن، وعن الحياة عنها

عن السيارات والطائرات المقاهي والمطاعم، البيوت والمنازل والشقق

عن المزارع والمدن، عن المدارس والتعليم عن الأجهزة الكهرومنزلية

لقد كان لديه الكثير لكي يحكي لها عنه.

وتحكي له هي عن الجزيرة وما تخبؤه من أسرار وغرائب.

كما أنها كانت تحكي له عن والدها وما تذكره عنه وعن والدتها الشخصان

الوحيدان اللذان عاشا على هذه الجزيرة

لم تر الأميرة جود بشرا غير والديها ولكنها لا تذكر والدتها بالشكل الكافي إلا أنها لازالت تحتفظ ببعض الذكريات الجميلة والتي تجلب لها السعادة كلما تذكرتها.

والأمر الغريب العجيب الجميل في الأمر هو أن الفهد الذي كان مريضا جدا، فهو لم يشف بالكامل بل كان يمرض ويتحسن..

ولكنه لم يمت بل عاش سنوات طويلة معهما وتحسنت حالته قليلا وكان يلعب مع أطفالهما

أنجبت له الأميرة جود أربعة أطفال، ولم يكونا خائفين عن مصير أطفالهم على الجزيرة بل كانوا يعيشون بكل سعادة وهناء

وقد كانت علاقتهم بالحيوانات البرية والبحرية جيدة جدا، كما أن الأطفال قد ورثوا عن والدتهم مواهبها في فهم لغة الحيوانات والمخلوقات التي على الجزيرة

ومعرفة النباتات الضارة والمؤذية والصالحة.

لقد كان الأطفال يعرفون كل جزء في الجزيرة بالفطرة كما أنهم قد كان لديهم أصدقاءهم من الحيوانات والأصدقاء الخفيين أيضا

لذا لم تكن الأميرة جود لتقلق على أي منهم، كما انها تعتبرهم أبناء الجزيرة ولا يوجد احن على الأطفال من والدتهم وهذا حال الجزيرة على الأميرة جود وزوجها وأطفالها، ولم تكن جود لتشعر بالامان في أي مكان أكثر من الجزيرة التي هي أمها هي أيضا.

أما بالنسبة للشاب فقد كان سعيدا جدا بحياته مع الأميرة جود على الجزيرة، تلك الجزيرة التي طاردته

كحلم حتى جاء اليوم الذي تحقق فيه ذلك الحلم

لقد كان يريد هذه الحياة وليس أي حياة أخرى وقد حصل عليها، وحصل على الحب والسعادة أيضا

حب وحياة

أما بالنسبة لروبرت فقد أصبح شغوفا بالكتابة خاصة بعد نجاح روايته الأولى في جمعه مع حبيبته والتي اتضح بان كل حرف فيها هو من الأساس حقيقة وليس فقط خياله الذي نسج تلك الرواية

لقد كان شغوفا بكل تلك المعلومات التي يجهلها البشر عن الجزيرة وما عليها

كما انه كان يرى بان كل تلك التفاصيل التي لا تكاد تنتهي يجب أن تصل إلى الناس ولو اعتقدوا بأنها من صنع الخيال فلا مانع من ذلك

المهم أن يوصلها إلى القراء وقد كانت تلك رسالته على الجزيرة

كما أن عالم الأميرة جود قد كان غنيا بالحكايا، وهذا ما جعلها عنصرا مساعدا له في مشواره كمؤلف

فأصبح يقوم بكتابة القصص والروايات ويرسلها إلى المدينة لكي يتم نشرها وقد كان له جمهور عريض وواسع،

جمهور يحب روايته التي كانت تحوي حكايات كانت تحكيها له زوجته الأميرة جود عن كل من عاش على سطح الجزيرة قبلهما

وحكايات عن الحياة فوق الجزيرة وتحت الماء والتي

لم تكن محط تصديق فاعتبار اها خيالا يملأ الأوراق وأوصلت إلى العالم كلما كان والدها إيصاله بطريقة أو بأخرى.

الحياة حيث الحب

والحب يزهر بالقرب من الحبيب

الحياة أجمل بالحب

والحب أقوى بوجود الحبيب

Sommaire

www.ingramcontent.com/pod-product-compliance
Ingram Content Group UK Ltd.
Pitfield, Milton Keynes, MK11 3LW, UK
UKHW040030200726
13854UKWH00001B/452

9 798223 596639